Jens Nielsen

Gras
Osten
Egal

Illustration

Andreas Gefe

Gras

Ein Mann der alles sagen konnte
wuchs plötzlich aus einer Wiese
wie eine schnelle Pflanze
Er stellte sich hin und begann ein
grosses Gedicht zu sagen
Einige Leute versammelten sich und
hörten zu
Der Mann sagte ein anderes grosses
Gedicht und eine Ballade
Die Leute waren sehr erbaut
Da sagte der Mann einige Lieder und
Instrumente

Die Leute waren begeistert
Der Mann freute sich
Als Zugabe sagte er die Opern und
die Namen der Insekten
Immer mehr Leute versammelten sich
um ihn
Wir wollen alles hören riefen sie
Ja wir wollen es
Sie zappelten vor Glück
Da holte der Mann richtig aus und
sagte die Planeten die
Rennfahrer und den Wald

Er sagte die Ermordeten und die sonst
Gestorbenen
Er sagte die Froschsorten die
sibirischen Wörter und
die Memoiren
Er sagte die Ausreden die Inhalte
die Japaner
Sagte die Länge der Zeit
Die alten Zahlen
Die Mitte
Die Hälfte
Und den Sand

Dann schwieg er
Tausend Jahre hundert waren
    vergangen und die Leute
    warteten gespannt
Aber der Mann hatte alles gesagt
Er stand da
Schaute sich um
Lächelte kurz
Und sickerte zurück ins Gras

Osten

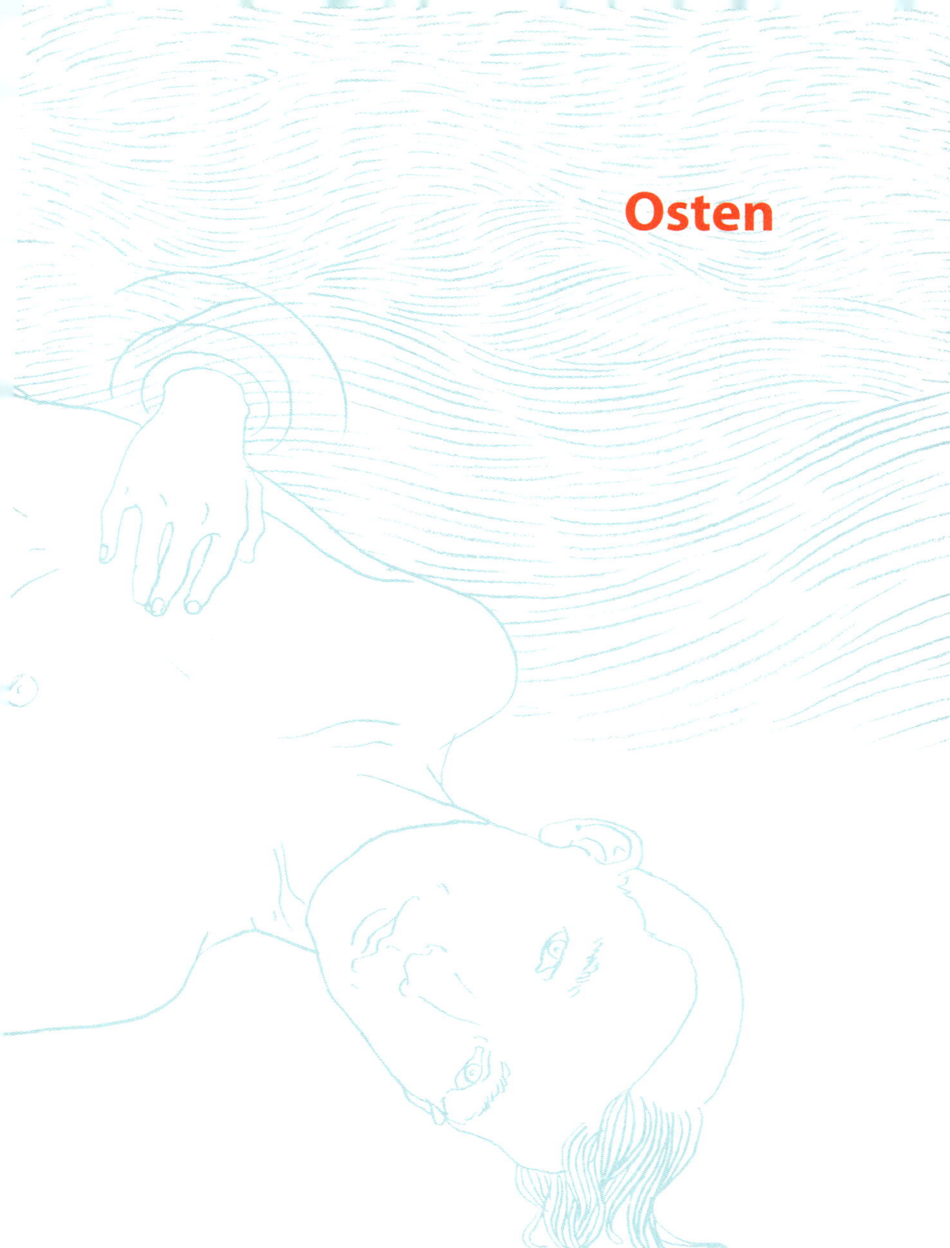

Vor langer Zeit stand ein Mann in
einer Stadt am Hafen
Neben ihm stand eine Frau
Warten Sie hier sagte der Mann
Er ging an Bord seines Schiffes und
sagte Abfahren
Die Frau schaute dem Schiff nach bis
es am Horizont verschwand
Dann setzte sie sich auf eine Klippe
und wartete
Der Mann fuhr nach Westen
Dann fuhr er nach Süden nach

Norden nach Süden nach Norden
und nach Osten
Nach einer Weile kam er ganz im Osten an
Er sagte Halt und ging von Bord
Die Menschen von ganz im Osten hatten
sich am Strand versammelt
Hallo sagte der Mann
Versteht ihr
Hallo
Die Menschen ganz im Osten nahmen
etwas aus ihrer Tasche und
gaben es dem Mann

Aha sagte er

Ein Geschenk

Vielen Dank

Die Menschen ganz im Osten deuteten
mit dem Finger auf den Mund

Ach so sagte der Mann

Das ist zum Essen

Die Menschen ganz im Osten nickten

Aber ist das auch geimpft fragte er

Aber sicher sagten die Menschen
ganz im Osten

Der Mann schob das Geschenk
vorsichtig in den Mund

Mhm
Und was könnt ihr so hier bei euch
fragte er beim Kauen
Könnt ihr stehen gehen rechnen
Als Beispiel stand ging und rechnete
der Mann
Da standen gingen und rechneten
auch die Menschen ganz
im Osten
Aha sagte der Mann
Nicht schlecht
Und an was glaubt ihr fragte er
Wir glauben an etwas

Er nahm sein Kreuz hervor und
    schwenkte es hin und her
Da nahmen die Menschen ganz im Osten
    die Ringe aus ihrer Tasche und
    schwenkten sie über dem Kopf
Ach so sagte der Mann und überlegte
Wir fahren zur See
Versteht ihr
Seefahren
Norden Süden Westen
Er zeigte auf das Schiff
Da nahmen die Menschen ganz im
    Osten ein Schiff aus ihrer Tasche

Setzten es ins Wasser
Gingen an Bord
Und fuhren herum
Als sie wieder an Land kamen sagte
der Mann ja ja
Aber wir haben die Medizin
Die Chirurgie
Versteht ihr
Schneiden Sägen Impfen
Er zeigte auf den Bauch und machte
die Bewegungen der Ärzte
Da nahmen die Menschen ganz im
Osten ein Messer aus ihrer Tasche

Schnitten sich der Länge nach auf
Nahmen alles aus sich heraus
Und legten es vor dem Mann in einer
Reihe in den Sand
Dann sammelten sie alles wieder ein
Legten es in sich zurück und nähten
sich zu
Der Mann stutzte
Wir haben den Verkehr
Sagte er endlich
Den Asphalt
Überhaupt
Den Fortschritt

Da nahmen die Menschen ganz im
Osten den Asphalt aus ihrer
Tasche und legten ihn auf
den Strand
Sie nahmen den Verkehr hervor und
liessen ihn über den Asphalt
fahren
Sie nahmen Eisen und Zement heraus
und machten grosse Häuser hin
Sie nahmen die Reichen und die
Randgruppen
Setzten die Reichen in die Häuser und die
Randgruppen an die Strassenecken

Sie nahmen die Befürworter und die
Gegner die schönen Künste
die Kriminellen und die Politik
heraus und liessen alles laufen
Zuletzt nahmen sie die versaute Luft
und die Naherholungsgebiete
und legten sie zusammen
mit den Fremdsprachen und
dem Shopping und Recycling
oben drauf
Der Mann nickte
Zog sich langsam zurück
Ging an Bord und sagte Abfahren

Vorsichtig fuhr sein Schiff aus dem
grossen Hafen
Nach einer langen Zeit kam der Mann
zu Hause an
Die Frau winkte ihm von der Klippe
aus zu
Er ging ihr entgegen und umarmte sie
Und
Fragte die Frau
Ach
Sagte der Mann

Egal

Es gibt ein kleines Mädchen
Das Mädchen heisst
Egal
Das Mädchen sitzt in einem kleinen
    Zimmer
Auf dem Boden
Es ist still im Haus
Das Mädchen schaut auf die Tür
Den ganzen Tag lang schaut es auf
    die Tür
Und die ganze Nacht
Früh am Morgen hört es Schritte
    auf dem Flur

Die Schritte nähern sich
Die Schritte stolpern
Sie fallen hin und fluchen
Stehen wieder auf
Lachen
Gehen weiter
Und bleiben stehen
Die Tür öffnet sich
Die Schritte stehen da
Sie sehen aus wie zwei Schatten
Sie kommen in das kleine Zimmer herein
Sie nehmen Messer und Schere hervor
Und sie öffnen das Mädchen an der Seite

Dann tragen sie das Essen in das
Mädchen hinein
Sie tragen die Geschenke in das
Mädchen hinein
Sie tragen die Möbel hinein
Sie tragen das Zimmer hinein
Das Haus
Das Land
Und den Tag
Jetzt sind das Essen
Und die Geschenke
Und die Möbel
Und das Zimmer
Und das ganze Haus

Und das ganze Land
Und der ganze Tag in dem kleinen
Mädchen
Auch die zwei Schatten gehen jetzt
hinein
Sie machen das Mädchen von innen
her zu
Und sie essen
Und singen
Und feiern das Leben
Und das Mädchen sitzt im Dunkeln
Es schaut hinaus in die Nacht
Und redet leise mit seiner Haut